感謝谷瑞迪，你就是吹動人的風。

希望艾麗莎能記住，讓蘇菲婭永遠能夠選擇自己的路。

致　天下所有的潘妮，因為她們的每一天都是啟航天。
——荷瑪·希爾文特

致　我的母親
——勞爾·谷瑞迪

©　海上的潘妮

文　　字	荷瑪·希爾文特
繪　　圖	勞爾·谷瑞迪
譯　　者	李家蘭
責任編輯	楊雲琦
美術設計	蔡季吟
版權經理	黃瓊蕙
發 行 人	劉振強
發 行 所	三民書局股份有限公司
	地址　臺北市復興北路386號
	電話　(02)25006600
	郵撥帳號　0009998–5
門 市 部	(復北店) 臺北市復興北路386號
	(重南店) 臺北市重慶南路一段61號
出版日期	初版一刷　2019年5月
編　　號	S 858601

行政院新聞局登記證局版臺業字第○二○○號

有著作權·不准侵害

ISBN　978–957–14–6611–8　(精裝)

http://www.sanmin.com.tw　三民網路書店

※本書如有缺頁、破損或裝訂錯誤，請寄回本公司更換。

「潘妮洛普，伊卡洛斯的女兒，她伸了懶腰，醒過來。夜深朦朧，夢境中的一切歷歷在目，因此她的心就平靜下來。」

《奧德賽》──荷馬

海上的潘妮

荷瑪·希爾文特／文

勞爾·谷瑞迪／圖

李家蘭／譯

三民書局

他們教我要懂得等待。

我在等待中發現：
　　　這世界，
　從我的窗子看出去，
　　　顯得好大，
　大到我不能收入眼底。

他們教我織布；
我披著月光織布。

他們教我要保持沉默，才能聽見別人的聲音。
我聽見人魚，她們對我訴說海底的祕密。

他們教我待在陰影下。
風兒會找到我，
把我帶到新的港灣。

我學會觀察。
所以知道暴風雨過後一切就會歸於平靜。

我學會讀星星的路線，學會走別人沒走過的路。
有星星指引，我能乘風破浪。

我學會順服。
每當我聽到心底的願望悸動，我就順從自己的心聲。

他們説我一出生，該走的路在命中早已註定。
但是在海上，除非自己定下方向，否則我無路可走。

他們説時光飛逝，我們連喘息的時間都沒有。
但是朝陽總是緩緩的叫醒我，
把藏在陽光閃耀之間的時間全都送給我。

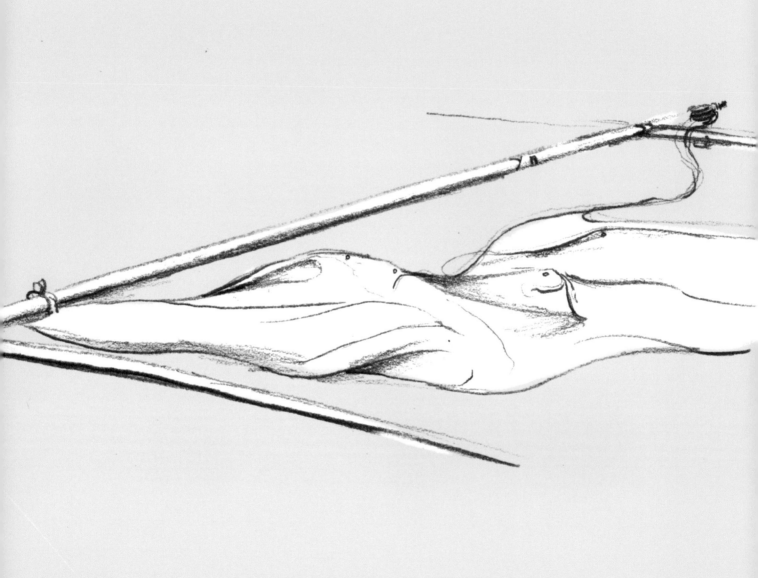

他們説我還不能單靠自己，説我還太小，
連試一試都不行……
但是有一天，我不知不覺邁開了腳步。

然後，我的腳步把我帶到沙灘上。

沙灘的那一邊，有一艘船等著我。

我登上船，然後啟航。

他們說我這一路不會平安，還說，
我什麼都沒學會……或許吧！
或許我只是發現了如何學會
別人無法教我的東西。

現在我駕駛自己的船。

汪洋之中，我跟任何人一樣，
顯得那麼渺小，又那麼巨大。

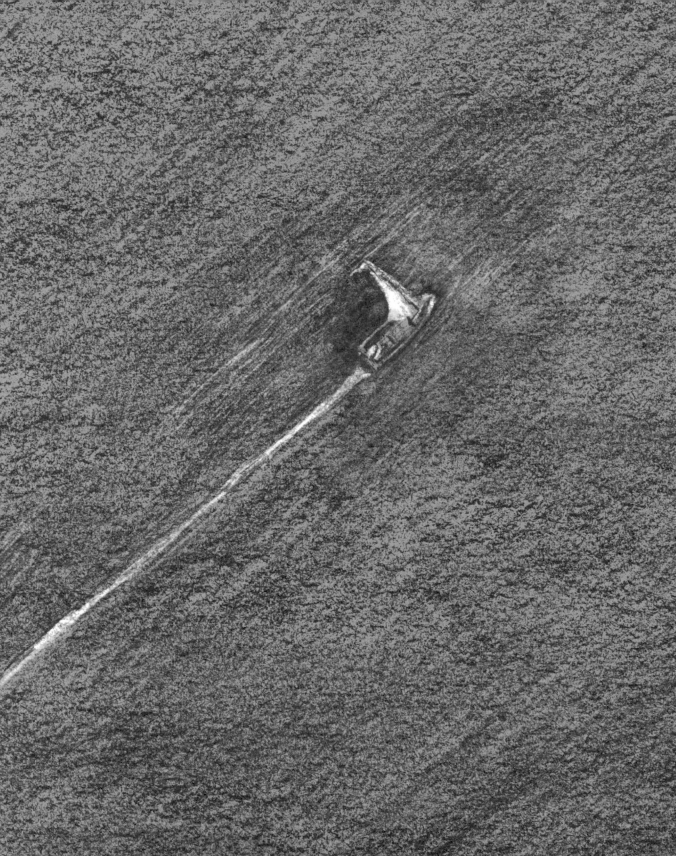